AF450507

TROIS CONTES ANGLAIS

BIBLIOTHÈQUE DES FAMILLES

In-12. — Jeune âge.

« Ils ne riaient jamais, mais se souriaient doucement
l'un à l'autre. » (P. 50.)

TROIS
CONTES ANGLAIS

PAR

ADAM DE L'ISLE

—

LE RÊVE DE Mme LOCKSLEY
HISTOIRE D'UNE PERLE
UNE NUIT DE NOEL EN CHEMIN DE FER

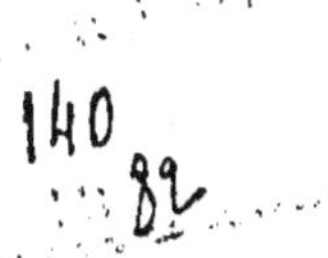

TOURS
ALFRED MAME ET FILS, ÉDITEURS

—

1882

RÊVE DE Mme LOCKSLEY

Je m'étais lié dans ma jeunesse avec un employé d'une grande maison de commerce, nommé Jacques Locksley. Bien qu'il n'eût d'autre fortune que ses appointements, il s'était marié et était père de deux enfants. Nous nous rencontriions fréquemment dans la Cité, et j'avais un vrai plaisir à aller passer la soirée dans la petite maison qu'il habitait aux environs de Londres.

En 18** nous passâmes ensemble la veille et une partie de la nuit de Noël. Son salon, sa salle à manger étaient ornés de branches de houx. Deux portraits surtout, celui de son père et celui de sa mère, en étaient complètement entourés. Locksley avait une grande prédilection pour ces deux portraits dont il vantait toujours la ressemblance. Il aimait à les regarder et à les montrer à ses amis.

Le dîner et la soirée furent très gais. Je couchai chez mon ami, et le lendemain nous partîmes ensemble pour passer deux jours à la campagne chez un de mes oncles. Chose étrange! depuis le moment du départ la gaieté de mon ami, si vive la veille, semblait avoir disparu. Je supposai qu'il regrettait sa femme et ses enfants que je n'avais pu inviter, mon oncle étant célibataire. La distraction évidente de Jacques et sa tristesse m'affligeaient et m'attirèrent les reproches de mes cousins, dont l'un ne me dissimula pas que mon compagnon avait complètement gâté la fête accoutumée.

Nous revînmes à Londres sans que Jacques eût pu reprendre le dessus ; mais, persuadé que la vue de sa famille serait un remède infaillible, je ne lui demandai pas la cause de sa tristesse et nous nous séparâmes sans explications.

Deux jours après notre retour, je fus surpris par un message de Locksley qui m'appelait subitement à Mansion-House. L'agent qui m'apportait le billet me dit que Locksley était arrêté, accusé par son patron d'abus de confiance. Une telle accusation au premier moment me parut insensée, à moi qui connaissais Jacques depuis si longtemps. Tout à coup pourtant je fus rempli de terreur en me rappelant l'étrange conduite de mon ami pendant ces deux derniers jours. Aurait-il dépassé ses ressources ? Aurait-il cédé à la tentation ?... Non..., c'était impossible !

A mon arrivée je le vis au banc des prisonniers et il ne me fut pas permis de lui parler. Il m'aperçut et sembla content de me voir. Un jeune associé de la maison X et Cie qui, il faut bien le dire, n'avait jamais eu d'affection pour Locksley était en train de faire sa déposition. Jean Roger, disait-il, un de leurs clients, avait un compte fort en retard avec leur maison et leur avait inspiré de graves inquiétudes. Ayant appris accidentellement que ce Roger avait eu des rentrées de fonds inattendues, il était allé chez lui et avait été fort mal accueilli. Après quelques propos insolents, Roger avait produit un reçu de Locksley daté du 24 décembre. Cet homme avait remis à Jacques un chèque de mille francs ; mais aucune trace de cette rentrée ne se trouvait dans les livres de la maison X et Cie.

Roger produisit le compte de son banquier et le chèque qui lui avait été retourné avec la signature de Locksley sur le verso. Il fut également prouvé qu'une personne répondant au signalement de Locksley avait touché deux traites, **de cinq cents francs chacune**, dont l'une avait été changée contre de l'or à la banque d'Angleterre, le lendemain de Noël au matin. Cette déposition était confirmée par Jean Roger qui avait donné le chèque, par le caissier du banquier qui avait remis les traites et par l'employé de la Banque qui avait payé en or.

On demanda à Locksley, après lui avoir fait les recommandations d'usage, s'il avait quelque chose à répondre.

Il répondit qu'il croyait avoir raison de se plaindre de ses patrons, qui auraient pu lui demander des explications avant de le faire arrêter comme un voleur. Lui aussi avait entendu dire que Roger avait reçu de l'argent, et, prenant en main les intérêts de la maison, il s'était rendu chez lui immédiatement et avait obtenu, non sans peine, le payement de la dette. Il avait, en effet, reçu un chèque, et, craignant que Roger ne mît opposition au payement, était allé immédiatement chez son banquier ; on lui avait donné deux traites en échange. Ces traites, il était persuadé qu'il les avait mises dans son portefeuille. Comme c'était la veille de Noël et que la maison de commerce était

fermée, il était rentré chez lui avec un ami
qu'il avait rencontré. Le 26 au matin il avait
songé à porter les traites chez X, mais, ayant
réfléchi que c'était jour de congé, il était parti
en voyage avec son ami. Le soir, avant de
se coucher, il avait visité son portefeuille et
s'était aperçu de la disparition des traites.
De là cette inquiétude qui avait pu être re-
marquée pendant son voyage. Rentré à
Londres, il avait cherché partout sans succès
les traites perdues, et, au moment d'aller raconter son malheur à ses patrons, il avait
été arrêté.

« Une de ces traites n'a - t - elle pas été
payée en or par la Banque le 26 au matin? »
demanda le lord maire.

L'employé répondit que c'était exact, mais
qu'il ne pouvait se souvenir si le payement
avait été fait à un homme ou à une femme.
En tout cas il ne se souvenait pas d'avoir jamais vu le prisonnier.

« Enfin la traite a été payée, et payée en
or, dit le lord maire. L'abus de confiance
d'un employé envers son patron est une
faute des plus graves. Il faut la punir sévèrement, car il n'y en a que trop d'exemples.
La déclaration du prisonnier est plausible, il
se peut que les choses se soient passées

comme il le dit, mais c'est une question que je ne me sens pas capable de résoudre. Le prisonnier doit passer en jugement. »

Locksley baissa la tête et resta immobile. Tout à coup un cri perçant retentit au fond de la salle et le tira de ses méditations. Il me regarda et je compris. Il avait reconnu la voix de sa femme, qui, ayant appris l'arrestation de mon pauvre ami, l'avait suivi.

Je trouvai Mme Locksley dans un état épouvantable ; je fis ce que je pus pour la consoler, l'assurant de ma conviction que son mari était innocent et serait prochainement délivré.

Rentrée chez elle, elle saisit ses enfants dans ses bras et recommença à sangloter, me suppliant de sauver son mari et de le ramener. Sa mère qui était accourue ne put réussir à la calmer. Elle continuait à s'adresser à moi, et j'avoue que je ne pus m'empêcher de partager son émotion. Cette scène de désespoir se passait dans ce petit salon tout rempli encore de feuillages, et devant les deux portraits du père et de la mère qui de leurs cadres nous regardaient tranquillement.

Quand le chef de la maison X et Cie revint en ville et apprit la nouvelle, il parut disposé à croire les affirmations de Locksley et blâma vivement son jeune associé d'avoir ainsi précipité les choses. Mais l'affaire n'était plus en son pouvoir et la loi devait être appliquée.

Le procès eut lieu et les avocats firent ce qu'ils purent pour prouver la faiblesse des arguments de Locksley. On lui demanda pourquoi il n'était pas revenu immédiatement à Londres, après avoir découvert la perte de ses traites; pourquoi il n'avait pas écrit à ses patrons; pourquoi il n'avait pas tout raconté à cet ami qu'il avait fait citer pour répondre de son honnêteté. Qu'était devenue l'autre traite? Si un voleur, en admettant qu'elles eussent été volées, s'en était emparé, ne les aurait-il pas changées toutes les deux? En admettant les choses au mieux, tout ce que l'on pouvait dire en faveur du prisonnier, c'est qu'ayant eu besoin de cinq cents francs il n'avait pris que cette somme, espérant pouvoir la rendre plus tard à son patron. Cela se voyait trop fréquemment. Bien souvent des difficultés momentanées avaient entraîné des gens honnêtes jusque-là à des actes impardonnables.

« L'abus de confiance, dit le juge dans son résumé, est un crime sérieux et qui doit être réprimé sévèrement. Les jurés ont entendu la déposition des témoins ; ils ont entendu la défense de l'accusé, qui n'a apporté aucune preuve à l'appui de ses affirmations. Que le jury décide ! »

Après une courte délibération le prisonnier fut déclaré coupable, et mon pauvre ami, Jacques Locksley, fut condamné à la déportation.

Cet arrêt faillit être fatal à Mᵐᵉ Locksley, et ses amies craignirent sérieusement de lui voir perdre la raison. Une exaltation fébrile suivie de longs abattements témoignait de l'excès de sa douleur. Elle passait des journées entières, les yeux fixés et sans larmes, pressant ses enfants contre son cœur, et semblant suivre un rêve intérieur.

Les Locksley n'occupaient qu'une partie de la maison qu'ils habitaient. Les meubles leur appartenaient, mais le propriétaire fournissait les domestiques, à l'exception d'une petite bonne d'enfants. La servante de la propriétaire, qui faisait le ménage des Locksley, était une de ces créatures sans intelligence comme on en voit souvent dans les maisons de location. Son nom était Nicole, mais Jacques l'avait surnommée la Marmotte à cause de son air endormi et de la lenteur de ses mouvements. Elle ne trahissait jamais aucun sentiment ni de plaisir ni de tristesse; elle semblait pourtant attachée aux enfants. Mais, après le malheur qui venait d'arriver, quand Nicole eut compris la misère et la ruine qui menaçaient ses maîtres, elle sembla tout à coup transformée. Elle épiait chaque mouvement de Mme Locksley et cherchait à prévenir ses moindres désirs. Bien souvent je la trouvais assise sur l'escalier à la porte de sa maîtresse, quand cette pauvre femme se livrait au paroxysme de sa douleur.

J'étais tellement touché du dévouement et de la sympathie de cette pauvre créature stupide qu'une fois je lui offris de l'argent. Mais elle refusa : « Non, Monsieur, dit-elle, je n'ai besoin de rien ; je voudrais être utile à ma pauvre maîtresse si je pouvais.» Je lui répondis qu'elle était d'un grand secours et que ses attentions avaient touché Mme Locksley.

« Et que va-t-on faire à Monsieur? demanda-t-elle.

— Il aura bien à souffrir, ma pauvre Nicole ; mais ni vous ni moi ne pouvons rien pour lui. »

La fille éclata en sanglots, et je l'engageai à se calmer pour ne pas tourmenter sa maîtresse.

La mère de Mme Locksley était venue demeurer avec sa fille. Le vieux monsieur X faisait une petite pension à la malheureuse femme de celui qu'il considérait encore comme innocent. La chambre de la mère était voisine de celle de Mme Locksley ; elle avait voulu ainsi être prête à venir auprès de sa fille dans ses nuits d'insomnie. La malheureuse, en effet, ne pouvait dormir et souvent même ne se couchait pas du tout.

Il était minuit passé et Mme Locksley était assise dans le salon, la tête appuyée sur ses mains, quand elle vit la porte s'ouvrir et son mari entrer. Elle le vit, dit-elle ensuite, aussi clairement qu'elle l'avait vu avant son arrestation. Elle se leva, mais la figure lui fit signe de rester où elle était. Elle obéit, et eut aussitôt la conscience que c'était l'ombre de son mari qu'elle voyait. L'apparition s'assit à sa place accoutumée et se mit à regarder fixement le portrait de son père encore orné de branches de houx qui avaient eu le temps de se faner depuis le jour de Noël. Cela dura quelques minutes. Puis la figure se leva et, regardant Mme Locksley avec une expression de profonde tendresse, sortit de la chambre en ouvrant la porte qu'elle referma ensuite derrière elle.

M^{mo} Locksley essaya de la suivre, mais cela lui fut impossible. Elle ne dormait pas, elle en était bien sûre, et elle avait parfaitement la conscience qu'elle avait vu son mari, tout en se rendant compte qu'il était dans la prison de Newgate.

Ce qui me parut encore plus étonnant, c'est que dans l'état d'excitation où elle était alors elle n'eut pas d'attaque de nerfs, pas d'évanouissement, et n'éprouva même aucune terreur. Elle alla au bout d'un instant retrouver sa mère, et, la voyant endormie, se coucha tranquillement.

Le lendemain matin elle lui dit ce qu'elle avait vu, et lorsque je vins dans la journée elle me raconta son histoire en présence de la propriétaire et de Nicole.

L'effet produit sur la pauvre servante à moitié idiote fut des plus extraordinaires. Elle fixa ses yeux sur le portrait qui avait attiré l'attention de sa maîtresse, comme si elle était fascinée ; puis elle demanda à M^{mo} Locksley d'une voix terrifiée : « Avez-vous parlé au revenant, Madame ? »

Et celle-ci ayant répondu non, elle ajouta : « Et le revenant vous a-t-il parlé ? »

M^{mo} Locksley répondit qu'elle avait raconté tout sans ajouter ni retrancher un mot.

Cette assurance sembla calmer la fille qui retourna à son ouvrage.

J'étais allé à la prison, à la demande de Mme Locksley, inquiète de la santé de son mari. Mon pauvre ami se portait bien et semblait résigné.

La nuit suivante la mère voulut rester auprès de sa fille, et il n'y eut pas d'apparition. Mme Locksley fut désappointée et attribuant le fait à la présence de sa mère la pria le jour suivant de la laisser seule.

A minuit, Mme Locksley était, elle l'avoua elle-même, dans un état d'exaltation très grand. Tout à coup, sans que la porte s'ouvrît, son mari parut à côté d'elle. Il la regarda tendrement pendant quelques secondes, puis tourna ses yeux fixement vers le portrait de son père. Il ne s'assit pas comme la première fois, mais se tint debout, les mains jointes dans une attitude de prière. Puis il se retourna vers sa femme et lui tendit les bras. Celle-ci se leva sans hésiter et se jeta précipitamment en avant. La figure impalpable n'offrant aucune résistance, elle alla frapper violemment le mur où était accroché le portrait, et les branches de houx tombèrent tout autour d'elle.

Sa mère, qui n'avait pu dormir, accourut au

bruit ; mais Mme Locksley ne supporta pas cette seconde apparition aussi bien que la première et elle eut une crise de nerfs épouvantable.

On m'envoya chercher le lendemain de bonne heure. Elle fit un récit détaillé de toute la scène et était absolument convaincue qu'elle avait bien vu l'ombre de son mari.

Je cherchai à lui persuader que l'association de l'idée de ce portrait avec la pensée de son mari et le souvenir du culte que mon ami portait à l'image de son père, avaient agi sur son imagination surexcitée et avaient amené cette espèce de rêve. Je proposai alors d'enlever ce portrait et d'attendre le résultat d'une autre nuit, si Mme Locksley se sentait de force à la supporter.

Elle accepta immédiatement ma proposition, et je sonnai la bonne pour avoir un marchepied.

« Pourquoi faire? demanda-t-elle.

— Pour décrocher ce portrait.

— Il n'y a pas de marchepied. »

J'aurais juré en avoir vu un dans la cour, mais, comme je pouvais me tromper, je n'insistai pas et je montai sur une chaise. Je tenais encore le portrait dans mes mains quand je fus littéralement bouleversé par la vue du visage de Nicole. Elle était immobile, la bouche et les yeux démesurément ouverts, les bras étendus, comme si elle voyait le revenant cause de tout ce désordre.

« Qu'a donc votre bonne? » m'écriai-je. Et tout le monde regarda.

Nicole se jeta à genoux, la tête entre les mains, et s'écria :

« Je suis prise! je suis perdue! Je savais bien pourquoi le revenant était venu! »

Nous étions tous abasourdis; je restai toujours sur ma chaise, le portrait dans les mains, la peinture tournée de mon côté, quand tout à coup Mme Locksley poussa un cri perçant et se précipita sur le portrait. Entre le cadre et la toile était fixée la traite de cinq cents francs, une de celles que Locksley avait si mystérieusement perdues.

Il n'y avait plus de doute. Nicole ne fit pas de difficulté pour avouer. Locksley s'était trompé en croyant mettre les traites dans son portefeuille; il les avait mises seulement dans la poche de son pardessus, d'où elles étaient tombées quand il avait retiré ce vêtement. Nicole les avait ramassées, et la pauvre idiote avait montré sa trouvaille à un vieux bonhomme qui venait nettoyer les chaussures dans la maison. Celui-ci avait proposé de changer une des deux traites et avait gardé l'argent en disant à Nicole que c'était sa part et qu'elle pouvait changer l'autre elle-même si elle voulait. La malheureuse avait eu l'idée de cacher le papier entre la toile et le châssis du portrait.

Mon ami fut bientôt délivré, grâce aux efforts énergiques de son patron, qui, pour réparer le tort fait à son employé, lui procura une excellente situation en Australie. Jacques Locksley, sa femme et ses enfants y vivent encore et sont parfaitement heureux.

HISTOIRE D'UNE PERLE

—

I

Laura était très belle; on le lui avait dit depuis sa naissance. Tous ceux qui cherchaient à gagner la faveur de sa mère ne cessaient de vanter les yeux bleus, les lèvres roses, les bras ronds, les doigts délicats du bébé. Et pourtant, malgré l'admiration générale, la mère trouvait que les louanges étaient encore au-dessous de la vérité.

A mesure que la petite fille grandit, les éloges augmentèrent, et on ne craignait pas de lui dire que sa beauté suffisait pour lui mériter l'admiration de tous et qu'elle n'avait qu'à consulter ses désirs pour être parfaitement heureuse.

La mère de Laura n'était pas moins coupable, car, au lieu de veiller à l'éducation de sa fille, elle passait son temps à inventer de nouveaux costumes qui ne servaient qu'à déguiser les charmes naturels de l'enfance et qui encourageaient la fatale vanité de la petite fille.

A quinze ans, Laura était souvent fort ridicule; en effet, désirant de plus en plus attirer l'attention, elle prenait des attitudes et faisait des grimaces qu'elle croyait gracieuses. Ses flatteurs commencèrent à souffrir eux-mêmes de leur erreur; car Laura, qui n'avait jamais appris à être douce et aimable, traitait durement ses serviteurs et se laissait aller à de violentes colères quand on l'offensait par erreur ou par négligence. Quoique fort attachée à sa mère, la jeune fille ne la traitait avec aucun respect, son mauvais caractère l'emportant sur son affection. Bien amèrement la pauvre mère se reprochait alors sa fatale indulgence.

Quelques semaines avant le quinzième anniversaire de Laura, son oncle, un riche marchand, revint d'un long voyage dans l'Inde. Fier de la beauté de sa nièce, il lui avait rapporté de splendides étoffes et de précieux ornements. Il reçut en échange mille baisers et l'assurance qu'il était le meilleur des oncles. Parmi ces présents était une perle qui, soit à cause de sa rareté, soit à cause du récit que son oncle lui avait fait de la manière dont elle avait été pêchée, devint un des bijoux favoris de la jeune fille. Cette perle avait été trouvée à Condalchy, sur la côte de Ceylan, et le pauvre plongeur qui l'avait apportée, était mort en arrivant à terre.

Laura restait des heures devant sa glace, plaçant cette perle tantôt dans ses cheveux, tantôt autour de son cou. Elle était ainsi occupée un jour d'été quand, fatiguée de ce divertisment, elle s'étendit sur un sofa et prit plusieurs coquillages que son oncle lui avait également donnés. Elle pensait encore à la perle qu'elle avait l'intention de mettre le jour de sa naissance, et se demandait ce que chacun en dirait, lorsque, ayant approché d'une main distraite le coquillage de son oreille, elle entendit des sons semblables au murmure de la mer. C'était la première fois qu'elle entendait ce bruit, mais elle se souvenait d'avoir lu dans un volume de poésies :

> Et quand de sa volute on approche l'oreille,
> On entend mille voix qu'on ne peut démêler :
> Tantôt c'est la tempête avec ses lourdes vagues
> Qui viennent en tonnant se briser sur tes pas,
> Tantôt c'est la forêt avec ses frissons vagues,
> Tantôt ce sont des voix qui chuchotent tout bas.
>
> . . . .

1*

Laura fut enchantée de sa découverte et continua à écouter, pensant à sa perle; et perdant de plus en plus la conscience de ce qui se passait autour d'elle, tout à coup elle entendit la voix prononcer son nom. Elle ne fut ni inquiète ni surprise.

« Eh bien ! beau coquillage, qu'as-tu à me dire ?

— N'es-tu pas heureuse de m'entendre parler ? demanda celui-ci.

— Enchantée, répondit Laura, car je m'ennuyais d'être seule, et les gens qui m'entourent ne me parlent jamais que de ma beauté. Cela me fatigue à la fin.

— Ah ! en es-tu bien sûre ? Tu oublies combien de fois je t'ai vue te regarder dans la glace, et comme je t'ai entendue te dire à toi-même : En effet, je suis belle.

— Oh ! je n'ai jamais dit cela.

— Mais tu l'as souvent pensé, répliqua tranquillement le coquillage, et j'ai le pouvoir d'entendre tes pensées.

— Vraiment? dit Laura, commençant à s'alarmer.

— Tu as souvent pensé que tu ne voudrais pour rien au monde avoir le nez retroussé de Charlotte, parce qu'on vante le tien qui est droit, et tu aimerais mieux mourir que d'avoir les yeux gris de Julie, parce que les tiens sont bleus.

— Eh bien! je l'avoue, répondit Laura, je ne voudrais pas avoir un nez retroussé et je suis enchantée que mes yeux ne soient pas gris. Je sais que je suis belle, mais ce n'est pas de ma faute.

— Toutes les créatures que Dieu a créées sont belles, dit le coquillage.

— Quoi! les araignées, les hannetons et les cheveux rouges?

— Oui, toutes ces choses sont belles, si tu savais les voir. Et tu le sauras un jour quand tu ne seras plus absorbée par ta propre beauté; tu verras que d'autres t'égalent et même te surpassent.

— M'égaler, me surpasser!

— Tu ne me crois pas maintenant, tu es trop vaniteuse. Tu penses que ta beauté commandera toujours l'admiration, que la conscience et l'exercice de ton pouvoir te rendront toujours heureuse. La bonté, la douceur, l'affection, le désintéressement te sont inconnus.

— Tu n'es pas poli. Est-ce que tous les coquillages parlent comme toi?

— Non. Ce pouvoir m'a été donné pour ton bien. Je vais te raconter l'histoire d'une perle, la sœur de celle que tu tiens à la main.

— Quoi ! s'écria Laura, ma jolie perle avait-elle une sœur ?

— Écoute, » répondit le coquillage.

Histoire d'une perle.

« La perle dont je vais te raconter l'histoire, appartient à l'ancienne famille des Aviculæ Margharetta, une des familles les plus connues de l'empire du roi des mers. Suivant une ancienne prophétie, tous les enfants de cette race devaient être beaux, et par conséquent exposés aux dangers et aux tentations. Le fondateur de la famille était sage et prudent, et il demanda au roi des mers de cacher la beauté de ses enfants sous l'extérieur le plus simple. La requête fut accueillie, et la forme que choisit Avicula fut celle de l'huître.

— Comment, s'écria Laura, ma belle perle aurait-elle été une huître ?

— Mais oui, répondit le coquillage, et sous les eaux comme sur la terre, un extérieur simple cache les plus précieuses qualités.

« Pendant bien des années les Aviculæ vécurent en paix dans leur demeure rocheuse au fond du golfe de Manachar. Un jour, un habitant de l'île des Lions vantait à sa jeune épouse, Athalie, son adresse comme plongeur, et pour prouver à sa compagne assise sur la plage qu'il était réellement descendu jusqu'au fond de la mer, il rapporta à la main un objet qu'il considérait comme une pierre et qu'il jeta sur le sol avec une exclamation de triomphe. La malheureuse Avicula frappa contre un rocher et fut brisée en deux. Le plongeur, épuisé, s'étendit sur le sable, et Athalie se mit à examiner l'objet que son mari avait trouvé dans l'eau. Surprise de la beauté de la coquille entr'ouverte, elle se mit à la laver avec soin et enleva toutes les impuretés qui dissimulaient la perle emprisonnée. Elle courut montrer à son mari sa merveilleuse découverte en frappant dans sa joie ses deux mains l'une contre l'autre. De retour à sa cabane, Athalie attacha son nouveau bijou à une chaîne de baies rouges, qu'elle posa ensuite sur son front bruni, et courut à la source où elle avait l'habitude de se mirer. Elle battit de nouveau des mains, car elle n'avait jamais rien vu de si beau que la perle que son mari avait été chercher sous les eaux.

« Le don fatal des Avicula était découvert et elles étaient livrées aux maux qu'avait

prédits le chef de leur race. La renommée
porta jusqu'à la cour du grand roi Ilia-Ilia
le récit de la trouvaille du mari d'Athalie.
Le roi donna l'ordre à cinquante plongeurs
de descendre dans la mer et de chercher
les grossières coquilles qui contenaient de
pareils trésors. Depuis ce moment jusqu'à
nos jours, pendant un mois de chaque année, les enfants de la terre firent la guerre
aux descendants d'Avicula, et nombre d'entre
eux furent arrachés à leur demeure pour
devenir les esclaves de l'avarice et de la vanité humaines.

« A l'époque d'une de ces invasions, la
sœur de ta perle favorite avait sept ans. On
la savait fort belle, et elle-même connaissait
la perfection de sa beauté. Aussi était-elle
mécontente de la retraite où elle vivait, et
rêvait-elle d'être arrachée à sa tranquille
demeure sous les eaux pour monter sur cette
terre où tant de ses ancêtres avaient été
emportés par les plongeurs. Elle ne savait
pas quelle serait son existence dans le nouveau monde qu'elle désirait visiter, mais elle
était sûre que les plus grands honneurs l'at-
tendaient.

« Pendant vingt jours, les plongeurs avaient
ravagé les domaines des Avicula et avaient

emporté un nombre considérable d'habitants.
Mais celle qui désirait devenir captive avait
échappé jusque-là aux regards. Elle se lamentait sur son triste sort, quand elle fut
soudain arrachée à son roc natal et se sentit
enlevée rapidement vers la surface de la mer.
Oh ! quel bonheur pour elle de voir ses
souhaits accomplis ! Dans sa joie, elle oublia
tous ceux qu'elle avait connus et aimés et fit
mille rêves de vanité et d'orgueil.

« Elle fut brusquement rappelée à la réa-
lité par une sensation horrible d'étouffement
et de suffocation : on la sortait de l'eau. Elle
fut alors jetée pêle-mêle avec ses compagnes
dans le fond d'un bateau. Que n'eût-elle alors
donné pour une gorgée d'eau salée, pour
le doux murmure de la mer qu'elle ne devait
plus jamais entendre ! »

Le coquillage s'interrompit et soupira profondément, pensant peut-être à sa propre
situation. Cependant au bout de quelques in-
stants il reprit son récit.

« Le bateau où l'on avait jeté la malheureuse Avicula contenait vingt hommes et un
pilote. Il y avait dix rameurs et dix plongeurs.
Cinq de ces derniers venaient de remonter
chargés de leur proie, cinq autres se prépa-
raient à descendre aussitôt qu'on aurait re-

monté avec des cordes les grosses pierres de granit rouge qui avaient aidé leurs compagnons à descendre. Cela fut bientôt fait, et les nouveaux plongeurs, tenant un filet entre les doigts de leur pied gauche, et entre les doigts du pied droit la corde à laquelle la pierre était attachée, descendirent dans la mer. Au bout de quelques secondes, à un signal donné, ils furent remontés avec leurs filets remplis de leurs victimes.

« Il était midi, et la brise s'élevait sur les flots. Tout à coup un bruit de tonnerre retentit dans les airs; c'était le canon qui pressait le retour des bateaux. La rive était couverte de huttes et de tentes, de bazars et de boutiques, entourés d'une foule de toutes les couleurs et de tous les pays. La mer était sillonnée de bateaux revenant d'expéditions semblables. A mesure que chaque bateau abordait, les propriétaires se précipitaient avec des cris de joie; les malheureuses Avicula étaient jetées brutalement dans des paniers et portées à des trous creusés dans le sable. Ah ! comme la vaniteuse perle se lamentait de sa folie et pensait de plus en plus à sa demeure sous les eaux !

« La pauvre Avicula ne demandait plus qu'à mourir en paix, mais cela ne devait pas être. La lune se leva, le canon retentit encore sur la mer, et toute la flottille repartit pour commencer de nouvelles recherches.

« Peu après les Aviculæ furent sorties des trous où on les avait ensevelies et examinées avec soin, afin d'établir leur valeur respective. Notre perle surpassait en beauté toutes celles qui avaient été pêchées, et une centaine d'amateurs se mirent à la marchander. Pendant plusieurs jours elle fut montrée par son maître à de nouveaux acheteurs, et elle oublia presque ses souffrances passées, dans la joie que lui causait l'admiration de tous. Enfin un marchand donna la grosse somme demandée; la perle fut emportée en Angleterre et confiée à un habile ouvrier, qui la monta délicatement et l'attacha à une chaîne d'or. Quand la perle se vit ainsi parée, tout son orgueil lui revint, et elle cessa de regretter sa patrie rocheuse sous la mer.

« Le marchand n'avait pas d'enfants, mais il avait une nièce qu'il adorait et qu'on nommait Adelève. C'était pour elle qu'il avait acheté cette perle et qu'il l'avait fait monter si précieusement.

« Adelève était très belle et, semblable en cela à notre vaniteuse Avicula, elle le savait. On peut deviner l'usage qu'elle fit de son nouveau présent, car Adelève avait une idole. Cette idole était enfermée dans un temple du plus beau cristal, encadré d'argent; mais bien que le temple fût précieux, l'idole était encore plus étonnante, et ses traits, remarquablement beaux, changeaient d'expression vingt fois par jour, et pourtant ressemblaient toujours à ceux d'Adelève. Celle-ci n'avait d'autre bonheur que d'orner son idole, tantôt avec des fleurs, tantôt avec des bijoux. A peine eut-elle reçu le cadeau précieux de son oncle, qu'elle courut au temple et posa la perle sur le front de l'image. La figure sourit, une expression de joie brilla dans ses yeux, et Adelève pensa qu'elle ne l'avait jamais vue si belle. Pendant des heures entières, elle regardait, immobile, l'objet de son admiration, négligeant ses études et ses devoirs.

« L'idole ne souriait pas toujours, et souvent elle prenait un aspect irrité et violent qui la rendait absolument hideuse. Adelève, alors, lui tournait le dos et pleurait de colère. Ces accès revenaient tellement souvent, qu'il était étrange que l'idole conservât sa beauté et qu'Adelève pût garder des serviteurs. Ce n'était qu'au prix des gages les plus élevés qu'ils consentaient à subir les traitements qui leur étaient réservés.

« La perle elle-même, toute fière qu'elle était d'avoir une aussi belle maîtresse, avait quelquefois honte des scènes de fureur et de violence dont elle était témoin.

« Adelève n'avait qu'une seule amie, sa cousine Marie Merton. Toutes ses compagnes s'étaient peu à peu lassées de ses caprices; mais Marie les supportait patiemment, bien que sa douceur l'exposât plus qu'une autre à l'humeur violente de la jeune beauté.

« Marie avait un an de plus qu'Adelève. Elle n'était pas belle; ses traits étaient irréguliers, ses yeux d'une couleur indécise; mais il y avait sur son visage une expression de douceur et de bonté qui compensait l'absence de la beauté. Toujours simplement mise, elle ne portait d'autre ornement qu'une fleur ou un nœud de ruban, formant ainsi un contraste frappant avec sa belle et opulente cousine. Mais son esprit était cultivé, et tous ceux qui la connaissaient l'aimaient. Adelève elle-même avait de l'affection pour elle, autant du moins que son égoïsme le lui permettait, mais elle ne cessait de faire des comparaisons désobligeantes entre ses avantages personnels et les traits irréguliers de sa cousine. Pourtant Adelève s'étonnait de la voir toujours heureuse et contente quand elle, que tout le monde admirait et vantait, était si souvent irritée et attristée. Comme on ne lui avait jamais appris à songer aux sentiments des autres, elle demanda un jour à Marie si elle ne regrettait pas de ne pas être belle.

« — Ma foi non ! répondit Marie en riant. Ma mère n'aurait plus de prétexte pour me taquiner si je n'avais pas un nez retroussé, et nous rions bien souvent de bon cœur, parce que mon père ne veut pas admettre qu'il est pareil au sien. Combien de fois ne m'a-t-on pas embrassée pour me consoler des plaisanteries dont mon pauvre nez était le sujet ! »

« Adelève pensait que c'étaient là de bien pauvres raisons d'être satisfaite d'avoir un nez retroussé, et elle demanda à Marie comment elle pouvait se consoler d'avoir ses cheveux d'un blond fade et tout droits.

« — Est-ce que tu n'aimerais pas, Marie, à avoir des cheveux frisés ?

« — Oui, s'ils ne se défrisaient jamais. Mais j'aime à avoir les cheveux ébouriffés quand je cueille des fleurs dans les champs, et lorsque je cours contre le vent, mes cheveux plats ne me gênent en aucune façon, tandis que j'entends bien des jeunes filles me dire qu'elles me suivraient volontiers dans mes courses si elles ne craignaient de défriser leurs cheveux. Oh ! je t'assure que je ne pense guère à ma chevelure, et que je suis heureuse de la gaieté que Dieu m'a donnée. »

« Adelève, remplie de compassion pour sa pauvre cousine, lui offrit, pour la consoler, une des belles robes dont son oncle le marchand lui avait fait présent.

« — Tu es trop bonne, ma chère cousine, lui répondit Marie, mais je ne puis accepter cette jolie robe. Elle te va à ravir, mais elle m'irait moins bien que ma robe de mousseline avec ses rubans cerise. Elle n'est d'ailleurs pas en rapport avec ma situation. Tu oublies que mon père n'est pas riche comme ta mère.

« — Qu'importe ? demanda Adelève irritée de ce refus.

« — Chère cousine, je serais obligée de dire à tout le monde que cette robe est un cadeau de toi, ou bien mon père serait accusé d'extravagance pour m'avoir acheté une toilette aussi splendide. Et puis tu oublies que j'ai des sœurs.

« — Tu crois qu'on blâmerait tes parents de ton élégance ?

« — Oui, et je leur ferais de la peine en

m'habillant d'une façon plus riche que mes
sœurs.

« — Eh bien ! elles seraient vexées. Qu'importe, je ne consentirais jamais, pour faire
plaisir à personne, à faire de moi un épou-
vantail !

« — J'espère que je ne suis pas un épou-
vantail, dit Marie en riant. Mais je t'assure
que je ne fais aucun sacrifice en refusant ton
offre aimable, et pourtant je ferais beaucoup.

« — Cela est vrai, répondit Adelève, et je
me demande toujours pourquoi.

« — Parce qu'il est facile et agréable de
faire plaisir aux autres.

« — Quoi ! même à ses dépens ?

« — Oui, chère cousine, un petit sacrifice
augmente le plaisir ; sans cela, nous ne mé-
ritons pas les remerciements qui nous sont
adressés.

« — Ma foi, aucun remerciement ne me
payerait d'un ennui. J'ai la prétention de consulter mon goût en toute chose. Que les autres
agissent à leur guise.

« — Ce n'est pas le moyen d'être heureuse,
répondit Marie. Notre-Seigneur n'a-t-il pas
dit : Aimez-vous les uns les autres ? Nous
dépendons les uns des autres ; l'affection du

prochain est nécessaire à notre bonheur, nous avons donc toutint érêt à être doux et affectueux.

« — Comme tu prêches bien ! dit Adelève, qui commençait à se fâcher.

« — Je ne fais que répéter ce que ma mère m'a enseigné, et je suis sûre que tu serais plus heureuse si tu pensais comme moi.

« — Je suis très heureuse, merci, répondit la beauté en secouant sa jolie tête avec dépit, et je crois que tu ferais bien de descendre au salon pendant que je m'habille, car je ne voudrais pas que ma femme de chambre entendît tous ces beaux discours. »

« Marie quitta la pièce en soupirant, et Adelève s'assit devant le temple où était son idole. L'image avait l'air à la fois irritée et embarrassée ; et la perle était remplie de tristesse, car elle se souvenait du temps où elle avait oublié tout ce qu'elle aimait dans sa joie égoïste. Elle revoyait dans sa pensée le jour où on l'avait emportée loin de sa demeure sous les eaux profondes. »

II

Le coquillage s'arrêta. Toutes les fois qu'il parlait de la mer, sa voix devenait triste et ressemblait au murmure lointain des vagues. Il reprit en ces termes :

« Adelève avait vingt et un ans. Elle avait passé les trois dernières années dans les plaisirs et dans une dévotion de plus en plus fervente à l'autel de son idole. Sa beauté lui avait attiré de nombreux admirateurs, mais la perle qui, comme moi, avait le pouvoir de deviner les pensées humaines, avait pu voir combien sa frivolité et sa vanité l'avaient rendue ridicule. Adelève était sur le point d'épouser un jeune homme aussi vaniteux et aussi frivole qu'elle. La jeune fille ne l'acceptait que pour ses richesses et sa position. Elle pensait qu'une grande fortune lui donnerait de nouvelles occasions de briller, et qu'on l'envierait pour la grandeur de sa maison, pour la splendeur de ses équipages. Elle savait que son fiancé était fier de sa beauté et qu'il ne lui refuserait rien de ce qui pourrait attirer l'attention sur elle, et, pour cela,

elle avait consenti à être la compagne d'un
fat imbécile.

« Son mariage devait être le plus beau de
la saison, et l'on avait invité une foule de
grands personnages pour admirer la fiancée.

« Marie était mariée depuis un an à un de
ses cousins, qui s'appelait aussi Merton. C'é-
tait un jeune médecin, bon et intelligent, et
qui la rendait aussi heureuse qu'elle le mé-
ritait.

« Ce ne fut pas sans hésitation qu'Adelève
se décida à inviter la jeune femme à son
mariage ; elle craignait que la simplicité de
son amie d'enfance et de son mari ne fît tache
au milieu de la splendeur de la fête.

« L'église était pleine de monde, et Adelève fut agréablement flattée par les exclama-
tions et les compliments que lui attirèrent sa
beauté et la splendeur de sa toilette. Son bonheur ne fut pourtant pas sans nuage ; elle
avait cherché un moyen de satisfaire sa vanité même dans le service divin, mais l'ar-
chevêque qui devait donner la bénédiction
nuptiale s'étant trouvé subitement indisposé,
un des vicaires de la paroisse dut le remplacer, au grand désappointement d'Adelève.

« Après la cérémonie, une centaine d'in-
vités rentrèrent avec les jeunes époux pour

prendre part à un somptueux repas. C'étaient autant d'étrangers qui se souciaient fort peu de la jeune femme et qu'elle-même connaissait à peine. Les seules personnes qui, avec sa mère, s'intéressaient à Adelève étaient M. et Mᵐᵉ Merton. La jeune femme les négligea à plaisir, comme si elle était honteuse d'avouer sa parenté avec des gens aussi simples. Mais ceux-ci ne lui en voulurent pas et retournèrent le plus tôt qu'il leur fut possible dans leur humble village, sans envie comme sans colère pour la jeune femme vaniteuse et égoïste, qui semblait avoir oublié la seule amie de son enfance.

« La perle avait aussi reçu ce jour-là sa part d'éloges, et dans sa reconnaissance pour la maîtresse qui lui avait mérité tant d'admiration, elle ne blâmait pas l'orgueil d'Adelève. Elle sentait elle-même combien elle aurait été humiliée si une huître s'était targuée de sa parenté avec elle, elle que des milliers de voix avaient acclamée ! Pauvre perle ! Elle ne savait pas ce qui l'attendait ! Et l'image d'Adelève dans son palais de cristal, semblait devoir toujours être joyeuse et contente.

« Le temps passa. La demeure d'Adelève n'avait de charmes pour elle que lorsqu'elle trouvait l'occasion d'étaler sa fortune devant les yeux de ceux dont elle se croyait enviée et admirée. En vieillissant elle devint encore plus avide de flatteries, et ceux qui avaient intérêt à lui plaire, l'accablaient des compliments les plus exagérés que sa vanité acceptait sans discussion. Quand on ne la flattait pas, elle devenait désagréable, et comme son mari était plus exposé que les autres à sa mauvaise humeur, il se lassa bientôt d'elle et l'évita le plus possible. Cela lui importait peu. Elle lui demandait seulement de lui donner les moyens de dépenser sans compter pour sa toilette et ses réceptions. Si cela lui avait manqué, elle aurait été très malheureuse, car elle n'avait pas d'autres ressources, et n'avait jamais songé à accomplir ces actes de bonté et de bienfaisance qui auraient fait son bonheur et celui des autres. Elle sentait bien que personne ne l'aimait; n'ayant jamais vécu que pour elle-même dans son égoïsme et son indifférence, tous ses amis la payaient de retour. Dans ses heures de solitude, il lui arrivait de pleurer amèrement, non de regret d'avoir négligé les occasions qu'elle avait eues de faire du bien, mais de colère, en songeant qu'elle n'avait pas plus d'influence sur les autres. Elle visitait alors rarement son idole, car elle lui trouvait les yeux rouges et enflés, les sourcils contractés, les joues pâles, et elle lui tournait le dos en toute hâte, riant dédaigneusement comme pour se persuader à elle-même que son chagrin n'était pas réel.

« La perle, qui savait la vérité, souffrait également, car bien qu'elle n'aimât pas sa maîtresse, elle ne pouvait assister au spectacle de l'humaine faiblesse sans éprouver un vif désir de s'échapper, et elle soupirait vainement et inutilement en regrettant sa paisible demeure sous les eaux profondes.

« Adelève était mariée depuis cinq ans, lorsque arrivèrent deux événements qui eurent sur elle une grande influence. Le premier fut l'apparition d'une nouvelle beauté nommée Laura.

« Mon nom ! s'écria la jeune fille attentive.

— Tu n'es pas la seule qui le porte, répondit le coquillage. Celle dont je te parle était non seulement aussi belle qu'Adelève, mais beaucoup plus jeune. Sa beauté était pourtant son moindre titre à l'admiration générale.

— Son moindre titre ! interrompit la jeune fille étonnée.

« — Tu ne me croiras peut-être pas maintenant, mais tu me comprendras plus tard.

« La nouvelle beauté avait été élevée par des parents bons et sages qui avaient enrichi son esprit de la connaissance de la bonté et de la vérité. Douce envers tout le monde, elle était obéie avec une rapidité qui prouvait qu'on se faisait un plaisir de contenter ses moindres désirs. Soucieuse de ses devoirs envers ses inférieurs, elle était bénie des pauvres et des malheureux. Son cœur n'avait aucune pensée égoïste; son plus grand plaisir était de s'occuper du bonheur des autres. Elle en était récompensée; car, bien qu'elle rencontrât parfois l'ingratitude, la reconnaissance du plus grand nombre la payait amplement de ses petits déboires. Elle avait beaucoup lu et pouvait parler de mille choses dont Adelève n'avait aucune idée. Elle chantait bien et jouait du piano avec goût et sentiment.

« Contre une telle rivale, Adelève avait bien peu de chance, et grande fut son humiliation, quand elle se vit délaissée pour la nouvelle beauté. Les mauvaises pensées qui remplissaient l'âme d'Adelève faisaient trembler la perle, et elle aurait bien volontiers changé

son sort contre celui du caillou le plus simple
de la plage de Manachar.

« Quand Adelève rentra chez elle après
sa première entrevue avec la jeune fille, elle
vola au temple de son idole. L'image était
d'une pâleur mortelle, les yeux ressemblaient
à des étincelles, et les traits étaient d'une
immobilité effrayante.

« Adelève se détourna épouvantée et, s'appuyant sur le marbre de la cheminée, elle
cacha sa tête dans ses mains. En un instant
son costume fut enflammé. La gaze légère
avait pris feu, et Adelève ne s'aperçut du
danger qu'elle courait qu'en éprouvant une
vive douleur. On accourut à ses cris, mais
le feu avait causé déjà de graves désordres.

« On désespéra d'elle pendant longtemps,
et la fièvre lui ôta la conscience de son état.
Une seule personne la veilla nuit et jour,
supportant avec patience l'agitation de la
malade et la fatigue, c'était Marie. Elle était
accourue dès qu'elle avait appris l'accident,
pensant bien que sa cousine n'aurait personne pour la soigner. Comment en aurait-il
été autrement ? Elle n'avait jamais fait de
bien à personne, elle n'avait inspiré que la
crainte autour d'elle.

« Ce ne fut qu'au bout de plusieurs semaines qu'Adelève put quitter son lit, et pour la première fois de sa vie, elle connut le sentiment de la reconnaissance. Mille fois elle remercia Marie de sa tendresse et de ses soins sans lesquels elle comprenait bien qu'elle n'aurait pu se rétablir. Elle se souvint alors que Marie lui avait dit, bien des années auparavant, que nous dépendions tous les uns des autres, et elle se rappela aussi la façon dont elle avait accueilli cette parole.

« Lorsque Marie retourna à son ménage, Adelève éprouva un sentiment d'isolement qu'elle n'avait pas encore connu, car personne ne vint remplacer sa cousine. Non, elle n'avait qu'une amie, et cette amie était partie.

« Quand ses forces furent revenues, Adelève retrouva son ancienne vanité. Le temple de son idole avait été transporté dans une autre chambre. Le médecin, qui en connaissait l'influence, en avait aussi redouté les effets. Elle demanda alors qu'on rapportât le temple à son ancienne place, et, comme ses serviteurs n'osaient lui résister, on s'empressa d'obéir à ses ordres.

« Restée seule, Adelève s'approcha de l'objet de son admiration... Elle lui jeta un regard et tomba évanouie. L'image avait une cicatrice rouge sur chaque joue, et Adelève avait compris que cette image était la sienne...

« Quand elle revint à elle, sa rage fut terrible. Au lieu de remercier Dieu qui lui avait conservé la vie, elle se mit à injurier tous ceux qui l'avaient soignée et à les accuser d'être les auteurs de son malheur.

« Pauvre Adelève! sa beauté, cette idole à laquelle elle avait tout sacrifié, était partie pour toujours !

III

« Nous ne parlerons plus pour le moment d'Adelève, continua le coquillage, car j'ai beaucoup à te dire sur le compte de Marie Merton. Le village qu'elle habitait était en pleine campagne. Sa maison était située sur le sommet d'une colline d'où l'on pouvait apercevoir des champs de blé et de vastes prairies où paissaient de nombreux troupeaux. Une rivière glissait comme un ruban d'argent dans la vallée, faisant marcher des moulins dont le bruit était plaisant à entendre, car il parlait de l'industrie humaine. Au loin était une forêt qui semblait séparer cette charmante vallée du reste de la terre.

« Le village était entièrement composé de chaumières dont les habitants gagnaient leur vie en faisant de la dentelle. C'était un joli spectacle que de voir les villageoises les unes jeunes, les autres vieilles, assises à la porte de leurs humbles demeures, un tambour sur leurs genoux et des bobines dans leurs doigts agiles. Le dimanche, elles venaient dans le jardin de Mme Merton qui leur faisait une lecture pieuse.

« Marie visitait chaque semaine toutes les chaumières, conseillant aux ménagères le soin et la propreté, et elle était heureuse de l'affection qu'elle inspirait autour d'elle.

« Une de ses voisines ramena un jour de la ville deux jeunes enfants dont le père et la mère étaient morts, et dont le grand-père, commis voyageur, et obligé de s'absenter souvent, avait cru devoir mettre ses petits-enfants en pension à la campagne. Mme Morley, c'était le nom de la voisine, était une femme remplie de bonnes intentions, mais fort ignorante en dehors de son métier de dentellière, de sorte que la petite Rose et son frère Édouard étaient un peu abandonnés à eux-mêmes.

« Quand le temps était beau, après leur déjeuner de pain et de lait, ils se prenaient par la main et s'en allaient dans les champs faire des bouquets de fleurs. D'autres fois, ils se promenaient dans les chemins verts, toujours ensemble, se mêlant peu aux enfants du village, et quand ils en rencontraient, assistant silencieusement à leurs jeux. Ils ne riaient jamais, mais se souriaient doucement l'un à l'autre et semblaient heureux dans leur isolement.

« M{^mo} Merton, malgré l'amitié qu'elle inspirait à tous les enfants, eut beaucoup de peine à triompher de leur timidité.

« — Est-ce que vous ne m'aimez pas ? leur demanda-t-elle un jour, après avoir essayé en vain de les faire rire.

« — Oh ! si, répondit Édouard, vous nous parlez comme maman nous parlait.

« — Et vous aimiez beaucoup votre maman ? » dit M{^mo} Merton.

« Les enfants se regardèrent et, parlant tous les deux ensemble, dirent :

« — Oh ! oui, beaucoup ! beaucoup !

« — Et c'est pour cela que vous êtes si tristes ?

« — Je ne sais pas, répondit le petit garçon, mais maman a été malade si longtemps, et notre bonne nous disait de nous tenir bien tranquilles. » Et il·regarda de nouveau sa petite sœur et l'embrassa.

« M^mo Merton comprit pourquoi les enfants aimaient tant la solitude et chercha de plus en plus à gagner leur affection. La douceur et la bonté réussissent toujours auprès des enfants; bientôt Rose et Édouard prirent l'habitude de venir chaque jour chez leur nouvelle amie, et, tout en continuant à s'aimer tendrement, ils semblaient plus heureux quand M^mo Merton était avec eux. Celle-ci peu à peu leur apprit à lire, et les enfants firent de rapides progrès.

« M. Merton s'intéressa également aux deux orphelins, et comme il n'avait pas d'enfant, il proposa de les prendre chez lui. Le grand-père donna volontiers son consentement, et pendant plusieurs années Édouard et Rose vécurent chez M. et M^mo Merton.

« Marie tomba tout à coup gravement malade; on la crut perdue et elle ne se remit jamais complètement, car lorsqu'elle fut guérie il lui fut impossible de marcher et on la sortait dans une petite voiture.

« Édouard ne consentit pas à ce qu'un autre que lui la traînât, et Rose ne quittait pas un instant la pauvre malade.

« A cette époque, Adelève, abandonnée par tous ses anciens admirateurs et par ses connaissances, car elle n'avait jamais eu de vrais amis, se rappela sa cousine et résolut d'aller la voir. Depuis sa maladie elle s'était aliéné encore davantage tous ceux qui l'entouraient, passant des heures entières devant son idole qu'elle parait des ornements les plus précieux, s'efforçant de cacher la cicatrice de son front et de sa joue, puis s'apercevant de l'inutilité de ses efforts. Et la pauvre perle, spectateur muet, assistait à ce pénible spectacle.

« Quand Adelève arriva chez son amie, elle fut surprise du changement qu'elle trouva et encore plus étonnée de voir que la douceur et la bonté de Marie triomphaient de ses souffrances.

« — Tu es la bienvenue, chère Adelève, avait-elle dit; mais tu trouveras en moi une triste compagne après les gais amis que tu as quittés.

« — Je n'ai pas d'amis, répondit Adelève; je ne crois pas à l'amitié.

« — Il ne faut plus être sceptique, dit Marie, car voici la preuve qu'il y a au monde de vrais amis. Je te présente Édouard et Rose. »

« Adelève les regarda et reprit :

« — Sont-ce là tes seuls amis ?

« — Je ne pense pas, chère Adelève. J'espère, je sais même que j'en ai d'autres encore. Mais ceux-ci ne m'ont pas quittée un instant pendant ma maladie. Supporter patiemment les exigences d'une malade, surveiller mes moindres désirs, se refuser tout autre plaisir que celui de me soigner, n'est-ce pas là de l'amitié ?

« — Oui, sans doute, dit Adelève; mais tu as toujours eu de la chance. Personne ne s'est jamais soucié de moi. Autrefois j'avais des flatteurs, des admirateurs, peu sincères probablement, car ils ne m'auraient pas laissée comme maintenant toute seule.

« — Pas seule, dit Marie, en lui tendant sa main amaigrie.

« — Non, c'est vrai, répondit Adelève; aussi j'ai songé à toi. Mais je te retrouve malade, et tu as plus besoin de consolation que tu n'es en état de m'en donner.

« — Non, dit Marie. Je suis bien souffrante, il est vrai, mais je suis résignée. Je me rappelle le bonheur dont j'ai joui et combien peu je l'ai mérité. Je sais aussi que le peu de bien que j'ai semé a produit une récolte abondante dans l'affection de ceux qui cherchent à alléger mes douleurs.

« — N'avais-je pas raison de dire que tu avais de la chance? Où sont ceux que j'ai amusés et nourris? Où sont les serviteurs que j'ai payés? Tous m'ont abandonnée.

« — Sont-ils seuls à blâmer? demanda doucement Marie.

« —Je sais ce que tu veux dire, reprit Adelève en rougissant. J'ai vécu pour moi seule, n'est-ce pas? Je n'ai pas oublié le sermon que tu m'as fait : que nous dépendions les uns des autres. Mais est-ce que je dépens de personne? Je suis riche, j'ai été belle; sans cet effroyable accident je serais encore admirée et recherchée.

« — Ah! chère cousine, dit Marie, nos épreuves sont une bénédiction pour nous quand nous savons en profiter. Ta beauté était un don fatal, et Dieu te l'a enlevée pour ton bien.

« — Elle m'a été enlevée pour mon malheur! s'écria Adelève. Je voudrais être morte!

« — Si ce vœu était sincère, il serait impie, dit sévèrement Marie. Je ne désire pas mourir, bien que ma vie soit une souffrance continuelle, car il y a des devoirs que je puis remplir encore. Toi, tu as la santé qui te permet de faire du bien autour de toi, de jouir de la beauté de la nature ; une fortune qui te permet de venir en aide aux malheureux, non pas en donnant sans réflexion, mais en encourageant ceux qui le méritent, en secourant les malades et les vieillards dont le temps de travailler est passé et qui ne demandent qu'un peu de repos avant la mort. Tu peux combattre l'ignorance, enseigner le bien et la vérité, et gagner des amis qui témoigneront pour toi au delà de la tombe. »

« Rose, qui était assise à côté de la malade, lui prit vivement la main et l'embrassa. Marie regarda Adelève en souriant.

« Cependant Adelève ne tarda pas à trouver horriblement fastidieux et pénible son séjour dans la maison de sa cousine, et elle prit le premier prétexte venu pour la quitter. Elle ne la revit plus, car au bout de quelques semaines Marie Merton mourut. On la pleura dans le village, car tout le monde l'aimait.

— Et moi aussi je l'aime, dit Laura; comme elle était bonne ! Et que devinrent Édouard et Rose ?

« Ils conservèrent le souvenir de leur amie et vécurent pour imiter ses vertus, répondit le coquillage, Mais finissons l'histoire d'Adelève.

— Je ne me soucie pas d'apprendre ce qu'elle est devenue, dit Laura, c'est une créature vaine et égoïste.

— Et cependant j'espère que son histoire pourra t'être utile, continua le coquillage. Écoute encore un peu.

« Adelève avait pris encore plus de soin de sa toilette et était plongée dans la contemplation de son idole bien-aimée quand un domestique lui remit une lettre bordée de noir. Elle hésita avant de briser le cachet, car elle devina aussitôt que cette lettre lui annonçait la mort de Marie Merton. Quand elle apprit comme sa cousine était morte tranquillement; lorsqu'elle sut que Marie avait pensé à elle dans sa dernière prière et que les regrets de ceux qui l'aimaient étaient adoucis par l'assurance qu'elle était maintenant dans un séjour bienheureux où il n'y a plus ni changement ni douleur, Adelève fut profondément touchée et pour la première fois de sa vie elle répandit des larmes sincères. Chose étrange! l'idole pleurait aussi, et en la regardant fixement, Adelève se prit à songer à la façon dont elle mourrait, dont on la pleurerait, aux souvenirs qu'elle laisserait. Un nuage passa devant le temple, et elle crut voir l'image de son idole se changer en celle de Marie. Pâle, transparente comme le marbre, cette image avait l'expression divine d'un ange endormi. Peu à peu le nuage se dissipa et les traits peints et cicatrisés de l'idole reparurent. Combien elle lui parut hideuse! Comme l'image vivante semblait lugubre après l'ombre de la mort! Adelève se leva brusquement, arracha tous ses ornements et les jeta sur le sol comme s'ils la brûlaient. La perle était restée sur son front, elle l'enleva et la jeta dans le feu. Le feu cruel dévora aussitôt la proie qui lui était livrée, et il resta seulement de la beauté d'Avicul quelques parcelles de cendre bientôt dispersées. »

Le coquillage tremblait dans la main de Laura en achevant ce triste récit. Il se tut, et la jeune fille crut entendre un profond soupir comme le bruit lointain de la mer sur la grève quand les vagues sont calmes et pleurent sur les naufrages qu'elles ont causés!

« Et Adelève? demanda Laura.

— Elle devint meilleure et eut le temps de se repentir, mais elle pense toujours qu'elle a dû son salut aux prières de sa chère cousine.

« — Et le temple ? Et l'idole ?

— Le temple était son miroir, l'idole c'é-
tait elle-même. Comme toi, Adelève était
belle, comme toi...

— Oh ! ne me dis pas que je suis comme
Adelève ! Quand tu me verras vaniteuse et
égoïste, quand tu me verras négliger mes
devoirs, murmure à mon oreille : Rappelle-toi, rappelle-toi.

— Ce n'est pas possible, reprit le coquillage, j'ai parlé pour la dernière fois; ce sera
à toi de te souvenir.

— Je me souviendrai, répondit sérieusement Laura. Mais comment te remercier,
cher coquillage ?

— Voudrais-tu vraiment me rendre heureux ?

— Oh ! oui, je ferais tout pour cela.

— Eh bien ! porte-moi à la mer afin que je
repose encore dans les vagues vertes et
fraîches de mon océan bien-aimé.

— Je te le promets, » dit Laura.

Et, d'une voix aussi douce que la brise,
le coquillage murmura : « Rappelle-toi ! »

UNE NUIT DE NOEL

EN CHEMIN DE FER

Jacques Tracy avait une tante, la tante Esther, qui était connue dans toute la famille pour faire au moment de Noël des pâtés au hachis merveilleux. Si Jacques Tracy avait un défaut, c'était une affection immodérée pour sa tante et ses pâtés. Aussi ne manquait-il jamais à cette époque solennelle de venir présenter ses hommages à son oncle et à sa tante, dont il était l'unique héritier. Il en profitait largement pour s'abandonner à sa funeste passion.

La petite salle à manger était décorée de houx et de gui; les portraits des ancêtres étaient entourés de guirlandes, et autour de la table quelques voisins et voisines et Jacques faisaient honneur à la cuisine de la tante Esther.

La bonne tante, instruite par l'expérience, savait bien que son neveu s'exposait à de graves accidents; mais, dans la tendresse de son cœur, il lui était impossible de risquer un avertissement dont elle n'ignorait pourtant pas l'utilité. L'oncle, d'ailleurs, assurait qu'un certain punch au rhum dont il revendiquait le secret combattait d'une façon victorieuse les effets du terrible pâté.

« Allons, Jacques, encore un verre; la nuit sera froide, et il y a loin de Londres à Portsmouth, où ton père et ta mère t'attendent. »

L'heure avançait, et, après des adieux tendres et prolongés, Jacques fut introduit dans un fiacre par un épais brouillard, et la lourde machine se mit lentement en marche à travers les rues pleines de neige.

Les fenêtres des épiciers resplendissaient de la lumière du gaz; les raisins, les amandes, les fruits confits, les oranges, les citrons, mêlés aux branches de houx, se répandaient jusque sur les trottoirs.

Aux premières heures de la digestion, l'enthousiasme de Jacques ne connaissait plus de bornes, et il rêvait une année où Noël reviendrait tous les mois et où les pâtés de hachis seraient servis toutes les semaines.

Le bon oncle avait payé le fiacre; mais il

fut impossible à Jacques, dans son amour de
l'humanité, de s'empêcher de donner dix
sous de pourboire au cocher sur sa propre
bourse.

La gare était remplie de monde : on s'em-
brassait, on se serrait les mains, on se faisait
des souhaits de bonne année. Jacques fut
poussé par le chef de train dans un wagon
de troisième classe tout plein, et se mit à
examiner ses compagnons de route.

Auprès de lui était un vieux matelot qui,
sous un bonnet de loutre, portait un foulard
rouge pour combattre la fraîcheur de la nuit.
En face étaient une jeune femme à l'air tranquille et triste et un jeune matelot. Tous trois
parlaient de la soirée qu'ils venaient de
passer et d'une vieille grand'mère qu'ils
avaient laissée à Londres. A la clarté de la
lampe fumeuse du wagon, Jacques étudiait
les physionomies, et après de mûres réflexions
avait décidé que le vieux matelot était le père
de la jeune femme triste, et le jeune matelot
le mari de celle-ci.

Le train se mit en mouvement. Jacques
s'enveloppa dans une belle couverture neuve
que lui avait donnée sa tante, et prit toutes
ses dispositions pour dormir. Le sommeil
était impérieux, mais le pâté opposait une

résistance sérieuse, et la situation se compliqua rapidement des nuages épais de fumée qui s'échappaient des deux pipes des matelots.

Jacques ne se sentait pas de force à faire des observations à des voisins d'un aspect si redoutable, et la neige qui frappait les vitres l'empêchait de songer à ouvrir la fenêtre. D'un air désespéré il regarda la jeune femme, pensant qu'elle viendrait à son secours; mais non, elle semblait accoutumée à cette odeur, et ne faisait aucune observation. La pipe du vieux fut bientôt achevée, et Jacques, sortant la tête de sa couverture, se félicitait déjà, sans se douter du nouveau malheur qui le menaçait. Le vieillard se baissa et tira un panier qu'il avait placé sous la banquette. Il en sortit un coquetier et une bouteille noire. L'odeur d'un rhum médiocre vint se mêler aux parfums du tabac. Le verre rempli, le matelot le tendit à la jeune femme, qui y trempa ses lèvres et le passa à son mari; ce fut ensuite le tour du père. Puis la coupe primitive fut remplie une troisième fois, et le matelot la tendit à Jacques. Celui-ci refusa à deux reprises différentes. Le vieillard insistait toujours, faisant appel à la galanterie du jeune homme et lui demandant s'il refuserait de boire après une dame, ou s'il était trop fier pour trinquer avec un vieux matelot qui avait répandu son sang pour sa patrie? Comment résister à tant d'instances? Jacques se soumit et prit le coquetier, en regrettant amèrement d'être trop pauvre pour voyager en première classe.

Le rhum était fort, et Jacques eut de la peine à l'avaler. Mais après avoir fait un effort et serré vigoureusement la main généreuse du donateur, il reconnut avec plaisir que la liqueur diminuait son malaise et l'aidait à supporter les nuages dont le jeune marin ne cessait de s'envelopper.

Notre héros rentra dans sa couverture, et se mit à compter les poteaux télégraphiques, moyen souverain, comme chacun sait, pour arriver au sommeil.

Dans un état de somnolence, Jacques arriva à la station de Blankton. Mais là, les employés annoncèrent aux voyageurs qu'il fallait descendre, la voie étant obstruée par les neiges.

La compagnie avait bien fait les choses. On conduisit les voyageurs dans une salle chauffée, ornée de feuillage vert et au milieu de laquelle se dressait une table abondamment servie.

Jacques et ses voisins y prirent place; mais,

par un singulier hasard, le jeune homme ne put retrouver dans les immenses pâtés de hachis qui lui étaient offerts cette perfection de goût qui distinguait les pâtés de sa tante. Le service était fait par les employés du chemin de fer, qui, bien qu'un peu neufs dans ces fonctions, s'en acquittèrent avec une adresse étonnante.

La salle se vida peu à peu, et Jacques resta seul avec ses trois compagnons de voyage. Aussi ne fut-il pas surpris de voir éteindre le gaz et d'entendre le chef de gare annoncer qu'il fallait quitter la place. Personne ne faisant d'observation, notre ami n'osa pas réclamer, et sortit tout en se demandant où il pourrait bien passer le reste de la nuit.

Les matelots et la jeune femme triste connaissaient évidemment le pays. Ils marchaient d'un pas alerte sur la neige maintenant durcie par la gelée, et Jacques se dit qu'il ne pouvait mieux faire que de les suivre.

On arriva bientôt à une sorte d'auberge. On frappa à la porte et on se trouva dans une grande salle toute décorée de branches de houx. Il y avait un grand feu dans la cheminée, et, chose étrange ! la maison était tenue par un employé du chemin de fer, et un sous-chef en uniforme vint serrer la main des voyageurs et leur dire qu'il était prévenu de leur arrivée et les attendait avec impatience.

On s'assit; le vieux matelot tira de son panier le rhum et le tabac, et Jacques, tout glacé par sa course nocturne, n'hésita pas cette fois à accepter un verre, et même se risqua à fumer une pipe pour la première fois de sa vie. La douce influence des spiritueux et du narcotique ne tarda pas à se faire sentir sur toute la compagnie, et Jacques se vit avec plaisir montant un large escalier en haut duquel était une chambre spacieuse avec un grand lit sur lequel il étendit sa couverture de voyage. L'employé du chemin de fer lui souhaita une bonne nuit, et laissa sur la table sa lanterne. Jacques s'en empara et se mit à étudier l'appartement. Le parquet était en chêne et semblait en mauvais état. Les murs, également recouverts de chêne, étaient assez délabrés; dans une immense cheminée charbonnait une bûche à moitié éteinte. Jacques vit avec inquiétude qu'il n'y avait pas de bois pour entretenir le feu. Il ne fut pourtant réellement tourmenté qu'en s'apercevant que la porte ne fermait pas. Aussi se décida-t-il à se coucher tout habillé, enveloppé dans sa couverture et laissant la lanterne sur la table à côté de lui.

Il sommeillait depuis quelque temps quand un léger bruit le réveilla. A sa grande surprise, la chambre était noire; mais une lueur passait par la porte entr'ouverte; cette porte s'ouvrit tout à coup. Silencieuse comme une ombre, une lanterne à la main, la jeune femme entra dans la chambre. Elle avait toujours l'air très triste. Son visage était pâle et ses yeux semblaient remplis de larmes.

Jacques fut debout en un instant, et la jeune femme lui fit signe de ne rien dire. Puis s'approchant :

« Monsieur Tracy, murmura-t-elle (comment savait-elle son nom?), monsieur Tracy, vous devez être surpris de me voir. Mais je suis bien malheureuse, et je suis persuadée que vous ne refuserez pas de me protéger.

— Tout à votre service, répondit machinalement Tracy.

— J'ai appris cette nuit une chose qui me tuera, si elle est vraie. Il faut que je sache la vérité. Voulez-vous me suivre? »

Jacques Tracy fit signe qu'il était prêt, et la jeune femme, s'avançant dans le corridor, s'engagea dans un long passage que Jacques n'avait pas encore vu, et descendit par un escalier. Elle ouvrit une porte qui conduisait directement dans les champs.

La lune brillait sur la neige blanche. La jeune femme marcha rapidement vers un bâtiment qui de loin paraissait être une grange. Le vent mugissait comme si on eût été au bord de la mer; la neige tourbillonnait de temps en temps.

Ils arrivèrent à la grange et entrèrent dans une petite chambre où se trouvaient une table et deux chaises poudreuses. Sur les murs étaient accrochées des branches de houx fanées et jaunies.

La jeune femme posa la lanterne sur la table. « Monsieur Tracy, dit-elle, le vieux matelot que vous avez vu est mon père; le jeune homme qui nous accompagnait est mon frère. Ce soir, quand vous nous avez quittés, ils m'ont dit qu'ils m'avaient amenée ici pour m'apprendre une épouvantable nouvelle. Je ne puis y croire ! Ils m'ont dit... que mon mari était mort. Ils m'ont dit qu'il était dans cette grange où ils ont refusé de m'accompagner. »

A ces mots, la jeune femme regarda son compagnon en tordant ses mains de désespoir, et son visage était blanc et immobile comme du marbre. Puis, reprenant la lanterne, elle fit signe à Jacques de la suivre.

Il la suivit en essuyant son front couvert de sueur et se trouva sans savoir comment dans une chambre plus grande dont les murs étaient couverts de branches de houx attachées avec des rubans noirs. Au centre de la pièce était étendu un objet recouvert d'un drap blanc. La lumière qui éclairait cette salle était tellement intense que Jacques apercevait les plus petits détails.

La jeune femme resta un instant immobile, puis, soulevant lentement le drap, découvrit le corps d'un jeune matelot, vêtu comme un marin de l'État, et dont les cheveux et les habits étaient couverts d'algues marines.

La pauvre femme semblait préparée à cet horrible spectacle, car elle demeura sans larmes. Elle déposa un baiser sur le front de son époux, et, montrant à Tracy la main du mort, elle lui dit :

« Faites ce que je n'ai pas le courage de faire moi-même : retirez la bague qui est à son doigt et passez-la au mien. »

Tout à coup un bruit étrange retentit au dehors. La chambre se remplit de monde. Le vieux matelot et son fils, accompagnés d'une foule immense, se jetèrent sur Jacques. La bière se transforma en un autel devant lequel se tenait un vénérable prêtre couvert de ses ornements sacerdotaux.

« Que me demandez-vous? dit le prêtre d'une voix douce.

— De marier ces jeunes gens, répondit le vieux matelot.

,— Me marier! s'écria Jacques. Mais il est fou! Je ne veux pas me marier! Et le consentement de mes parents! Et les publications!

— Et mon époux qui n'est pas encore enseveli!» dit la jeune femme en poussant un cri aigu. Un autre cri, puis un autre succédèrent au premier. Ces cris perçants se transformèrent peu à peu en sifflets de locomotive. Avec une joie inexprimable Jacques aperçut le vieux matelot qui se frottait les yeux avec ses gants tricotés, tandis que la jeune femme triste ronflait tout doucement en face de lui.

O tante Esther! tante Esther! pensa Jacques, que tes pâtés sont délicieux; mais qu'ils sont perfides!

FIN

TABLE

12074. — Tours, impr. Mame.